SOPA DE LLIBRES

Pl. Lesseps, 33, entresòl. 08023 Barcelona
Telèfon 93 217 20 54. Fax 93 237 34 69
e-mail: barcanova@barcanova.es
www.barcanova.es

Segona edició: maig de 2004

Disseny: Manuel Estrada

ISBN: 84-489-0706-X
Dipòsit legal: B-26.899-2004

Imprès a GERSA, SA. Tambor del Bruc, 6
08970 Sant Joan Despí
Printed in Spain

Marín, Glòria
La Llufa, quina mofeta! / Glòria Marín ; il. Valentí Gubianas.
— Barcelona : Barcanova, 2000. — 40 p. : il.; 20 cm. —
(Sopa de Llibres ; 36. Sèrie Groga.)
ISBN 84-489-0706-X
I. Gubianas, Valentí, il. II. Títol. III. Col·lecció. 1. Mofetes
2. Animals en perill d'extinció. 3. Humor.
I1 MAR

La Llufa, quina mofeta!

T. C. F.
LLIURE DE CLOR

Aquest paper té en
compte les
recomanacions
europees sobre medi
ambient.

SOPA DE LLIBRES

Glòria Marín

La Llufa, quina mofeta!

Il·lustracions de
Valentí Gubianas

Editorial Barcanova

L'illot de la Ferum és un roquissar amb un paisatge d'aquells que et deixen amb la boca oberta a mesura que t'hi endinses.

El primer que et trobes, passada la platja, és el llac Fetor: les aigües de bombolles de color maragda no paren de fer blups-blups musicals. Ben a prop, unes casetes de roure arrenglerades una al costat de l'altra estan envoltades de moreres vermelles, pins grocs, alzines blaves i oms blancs. Tot és molt bonic i fet a la mida de la colònia de mofetes que ha fet de l'illot el seu país.

Però no sempre han estat felices com ara. Fa molt de temps havien viscut en una altra terra, d'on van haver de fugir per culpa d'un home molt dolent, un caçador, a qui anomenaven Esguerrapell.

Aquest caçador havia matat moltes mofetes, i les supervivents encara recorden com van aconseguir fugir: dins d'una gran sabata que van trobar abandonada a la vora del riu, i que les va portar navegant fins a l'illot.

En aquell moment, la Llufa era una mofeta molt petita, una boleta de pèl negre i blanc. Ara és la mofeta més entremaliada i trapella de totes.

La Llufa es lleva amb el sol, perquè és l'encarregada de repartir *El Mofeta News*, però el que més i més la diverteix és arremangar-se la cua i llançar una traca de pets pudents, per tal de despertar les mofetes que encara dormen i despentinar les que té al voltant. Els seus petarraxofs, petarrejons, petarrafons i petarrums són famosos!

–Reivindiquem la pudor! –crida mentre fuig corrents.

Un diumenge a la tarda, quan la Llufa estava endormiscada en el seu amagatall, dalt del turó, va sentir un puuff, puuff, puuff, puuff. Ella que s'incorpora, s'espolsa la son, agafa els binocles i veu una barca que s'acosta a l'illot, i a dins hi ha un home llarg i prim, amb un fusell a la mà i uns ulls d'acer que fan esgarrifar.

La Llufa baixa a corre-cuita per avisar les mofetes del perill, però ningú no li fa cas i continuen fent la migdiada.

Empipada, va a buscar la Peta, la seva millor amiga, i li explica el que ha vist, però fins i tot la Peta esclata a riure.

–Ah, sí? No t'ho creus, oi? Doncs vine! –diu la Llufa mentre se l'emporta dalt del turó i li assenyala la barca que ja està arribant a la platja.

La Peta, que quan es posa nerviosa té problemes de parla, se la queda mirant amb els ulls oberts com unes taronges.

–Tinl molaa por…

–Que tens por? I jo! Però hem de fer alguna cosa –diu tot gratant-se els pèls del cap.

–Peloò, què vools fer? –pregunta la Peta enrojolada per l'espant.

–No sé què vull fer, però segueix-me!

–Pelò, m'ho poofs expliclà?

–No t'ho puc explicar! Ja pensarem alguna cosa! –crida la Llufa, obligant la Peta a seguir-la.

En realitat la Llufa no sap el que cal fer, però creu que s'ha de bellugar: l'home del fusell no li agrada gens. Per això es deixa portar per la intuïció i baixa fins a l'embarcador subterrani, on hi ha ancorada la gran sabata.

–No emf difàs que pufareem a la fraan gafata!

–Sí, pujarem a la gran sabata! Puja!

La Llufa, amb una habilitat sorprenent, deslliga els grans cordons, lleva l'àncora i posa en marxa el motor, que esbufega i sanglota.

–Tals ttoolnaaatt boifa! No saafs codufir!

–No m'he tornat boja i sí que en sé, de conduir. Agafa't!

La Llufa treu la gran sabata de l'embarcador i voreja la costa amb el timó ben agafat, mentre pensa: «Us salvarem!». Quan es gira, veu la Peta tentinejant per la coberta.

–Agafa't, Peta! –crida sense deixar anar el timó.

–Moo puuug! –diu tapant-se la boca– m'aastigg malajaaant! –crida la Peta abans de caure estesa al terra de la coberta.

–Recua! El que em faltava. S'ha desmaiat. Ara sí que l'hem feta bona...

Però la capitana Llufa no deixa el timó; més tard s'ocuparà de la Peta.

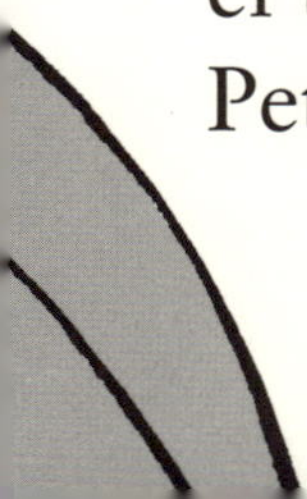

Continua vorejant la costa fins que arriba a la platja on hi ha la barca de l'home del fusell. S'hi acosta i salta a dins. Sense pensar-s'ho, clava una queixalada a la corda de l'àncora i la barca llisca amb facilitat. Psssffff… La Llufa fa un salt i torna a pujar a la gran sabata. Hi lliga la barca i voga mar endins.

Lluny de la platja, la Llufa deslliga la barca, s'enfila a la popa de la gran sabata, s'arremanga la cua i deixa anar un petorrofooll amb tanta força, que la barca, xiiiiuuuuu!, vola

més de cent milles, abans de caure mar enllà. Xooff! Xaaafff! Cataploooff! La barca cau, s'esquerda i s'esmicola.

–Que xupi! –diu contenta la Llufa–. Ara, prepara't, xitxarel·lo! –Està tan eufòrica i satisfeta que, sense saber què farà, es dirigeix cap a l'embarcador subterrani.

Quan hi arriba, ancora la gran sabata i sacseja la Peta, que encara jeu desmaiada sobre la coberta.

–Au, desperta't! Peta, desperta't!

–Què faa paaffaaat? –pregunta sense parar de fer basques.

–Ha passat que he fet un petorrofooll tan fort que l'home

del fusell s'ha quedat sense barca. Si haguessis vist com ha volat... Semblava un coet! Ara hem de pensar què farem per caçar-lo. –La Llufa agafa l'amiga per l'espatlla i la fa sortir tentinejant de la gran sabata.

–I fii éf maaffaaa taad?

–No diguis bestieses, no és massa tard! –rondina la Llufa–. Segur que les nostres companyes el deuen tenir acorralat. Que no t'adones, que nosaltres, les mofetes, tenim el privilegi de posseir l'arma de la pudor? –diu mentre l'ajuda a incorporar-se.

–Saps què farem ara? Pujarem per la Cova de les Rialles i en un tres i no res arribarem al poblat.

Però, quan són al bell mig de les cases, la Llufa i la Peta no es poden creure el que veuen.

–No és possible! –diu fluixet la Llufa, tot escurant-se la gola.

Gairebé totes les mofetes estan captives i estabornides dins d'una gran gàbia. La Llufa mira per tots cantons, però l'home del fusell no hi és. Sense girar-se, la Llufa diu a la Peta que alliberi les mofetes, però la Peta, en veure el panorama... s'ha tornat a desmaiar.

–Recua! Ja hi som! Quan més la necessito... –diu la Llufa, vigilant que no s'acosti l'home del fusell.

Aixeca la reixa de la gàbia amb molta cura i les mofetes surten amb dificultat. Fins i tot l'alcaldessa va de corcoll.

–Aneu fins a la Cova de les Rialles i amagueu-vos-hi –diu la Llufa amb determinació–. Ah! I emporteu-vos la Peta.

–I tu, què faràs? –li diu l'alcaldessa, obrint i tancant els ulls, com si es desvetllés d'un malson–. L'Esguerrapell et pot matar com va fer amb els... –L'alcaldessa calla i s'aguanta el cap amb les potes.– Estic tan marejada...

–És l'Esguerrapell? Com va fer amb qui? Digues! –crida la Llufa tot agafant l'alcaldessa per les espatlles–, digues!

–Com va fer amb els teus pares

–li diu amb els ulls oberts de bat a bat.

–I com és que no us heu defensat? Per què no l'heu atacat?

–Ens ha agafat desprevingudes... Ens ha llançat un esprai a la cara amb tanta rapidesa, que ens ha estat impossible deixar anar cap pet. La mofeta Raspa ho ha intentat..., però aquell esprai l'ha aturat de cop. L'ha bloquejat.

L'alcaldessa està exhausta. A la Llufa la ràbia li galopa per la sang.

«Així que aquest individu és l'Esguerrapell. El monstre que va matar els meus pares... El malvat que ens va fer fugir! Maleït, sia!», pensa.

–Aneu! –crida amb els ulls desorbitadament oberts–. Afanyeu-vos!

D'un salt s'enfila dalt de la morera vermella i veu que l'Esguerrapell s'acosta portant dues àvies mofetes enganxades per la cua.

Quan l'Esguerrapell arriba davant la gàbia i la veu buida, s'enrabia tant que treu foc pels queixals i llença les mofetes a terra. Tot i tenir reuma i artrosi, les àvies mofetes desapareixen cridant: «Uf, uf, uf, uf, uf, ruf, graf!».

–Desgraciades, pudents, fastigoses! –vomita l'Esguerrapell–. Us mataré d'un tret! –crida, provant de fer punteria.

Però llavors, la Llufa li salta al damunt i li clava el cul a la cara. Estarrufa la cua i li dispara un petarrafoooott amb tanta força que l'Esguerrapell cau estabornit a terra. Però la Llufa no en té prou! Se li enfila al damunt i, amb tota la ràbia acumulada, li venta una traca de pets pudents que el deixen inconscient.

Les mofetes que eren a la Cova de les Rialles, en sentir els pets de la Llufa, surten i són espectadores del combat guanyat.

Després de les felicitacions, un grup de mofetes arrossega l'Esguerrapell i se l'emporta cap al llac, mentre les altres no

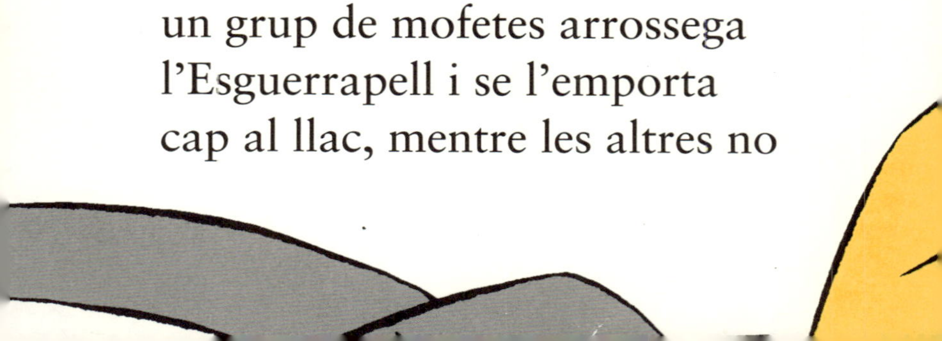

es cansen de felicitar la Llufa pel seu coratge.

–I la Peta? On és, la Peta? –pregunta la Llufa, tot separant-se del grup.

–Foc afffí! –contesta la Peta tot acostant-se-li.

–Ho hem aconseguit! Ho hem aconseguiiiiit! –salta esvalotada la Llufa.

–Ets tu qui ho ha aconseguit!

–deixa anar la Peta estossegant.

La Llufa se la mira amb sorpresa: per fi, la seva amiga ja parla bé!

Quan l'Esguerrapell es desperta, es troba lligat a un tronc al bell mig del llac Fetor, rodejat per culs de mofeta a punt de disparar.

–Preparades..., llestes... Ja! –criden totes a l'una.

Perrafoocos! Petaaarrafrecs! Petafaruuuums!

L'explosió de bombolles pudents és tan forta que una boira fètida i espessa sura per damunt del llac.

De sobte, la Llufa recorda les paraules de l'alcaldessa: «La mofeta Raspa ho ha intentat…, però aquell esprai l'ha aturat de cop i li ha bloquejat la nostra única defensa...». Seguint la seva intuïció, la Llufa surt corrents en direcció al rebost i torna amb una ampolla a la mà. Recull un tros de boira, l'embotella i hi posa un tap. La llença amb totes les seves forces, i l'ampolla s'estavella a terra: ffffllluuooooffff! Un fum dens i fètid surt a tota pressió de l'ampolla trencada, i ràpidament s'esmuny pertot arreu formant un núvol verinós per a l'ésser humà.

Satisfeta i triomfant, la Llufa crida:

–Podem embotellar la ferum! I si mai torna un altre Esguerrapell, tindrem l'arma perfecta per defensar-nos!

–Visca la Llufa! –criden totes deixant anar una altra traca de pets.

–I què fem amb aquest malvat? –crida una veu d'entre la multitud.

–Pugeu-lo dalt el turó –diu la Llufa–. Oi, que no et fa res que acabi la feina, alcaldessa?

Les mofetes arrosseguen l'Esguerrapell fins a dalt del turó, lligat de mans i peus, i el col·loquen damunt la roca més alta. La Llufa, que ha seguit les seves companyes fins a dalt del turó, s'arremanga la cua i li fa explotar un petaaaroooot a la cara, tan fort, que l'Esguerrapell surt volant com un coet i, xaaaff! xooooof!, desapareix mar enllà.

El malson s'ha acabat i totes les mofetes estan d'allò més contentes saltant i ballant, quan

l'alcaldessa atura la cridòria:

–Silenci! Jo, com a alcaldessa de l'illot de la Ferum, us convoco l'últim dijous de cada mes per encerclar el llac Fetor i deixar anar la gran petarrada per poder fer el ritual de l'embotellament. –I mirant la Llufa amb admiració, afegeix:– L'anomenarem «La Llufada», en honor a la nostra salvadora.

Mentre la Llufa i la Peta s'abracen, les mofetes canten:

*Visca la Llufa i els seus pets
pudents!
Visca la Llufa i el seu gran
cervell,
que ha fet fora l'Esguerrapell!*

Han escrit i  han dibuixat...

Glòria Marín

Vaig néixer el 19 de novembre de 1959 a Sabadell. Tot just quan la mare començava a remenar l'olla de la xocolata desfeta per celebrar la festa del sant de la meva germana, vaig cridar: «Ep, que surto!». I així va ser. La meva germana es va quedar sense festa, però a canvi li van portar un regal petit i arrugat: jo. I voleu saber una cosa? A la meva germana li va costar una pila d'anys entendre que jo, en realitat, no era un regal, ja que durant molt temps em va amenaçar d'aquesta manera: «Si em fas enfadar, com que ets un regal meu, et llençaré a les escombraries».

Sort que no ho va fer, ja que ara no us podria explicar que, gairebé sempre, des de ben petita, deia que volia ser mestra i escriptora. I ves per on, ho vaig aconseguir: la meva primera feina va ser treballar com a mestra d'educació especial a l'escola Xaloc de Sabadell, activitat a la qual vaig dedicar sis anys. L'any 1984 vaig deixar l'educació especial per començar una tasca nova i meravellosa: la de ser mare, la mare d'en Pol i la Laia. En 1987 vaig tornar al món de l'educació a l'Obrador Tallers de Ciència i Tècnica. I des de l'any 1991, i gràcies a en Jordi, el meu marit, em dedico a escriure.

Pel desembre de 1992 vaig publicar el meu primer conte: *Bruixes i Bruixots!* Pel gener de 1999 vaig guanyar el Premi Montserrat Roig amb el conte per a adults *Un matí pelut!* També he escrit el guió d'una obra de teatre per a adults que porta per títol *Pòquer d'Asos*.

Sempre he tingut facilitat per imaginar-me i inventar històries i deixar córrer la fantasia. Quan començo a escriure una història, mai no sé com acabarà. Els personatges van agafant forma i força a mida que els vaig creant i, quan ja tenen cara i ulls, se m'escapen per on ells volen, els molt pocasoltes. Aquesta és la part que més em fascina a l'hora d'escriure.

Valentí Gubianas

Vaig néixer a Navàs el 15 de maig de 1969.

De petit, volia ser futbolista. Davant de casa hi havia un camp de terra on, amb els companys de classe, cada dia fèiem un gran partit de futbol. Jugant a futbol perdia la noció del temps.

Uns quants anys més tard, em vaig adonar que jo no anava per futbolista. En aquella època em dedicava a estudiar i, a més, m'ho passava molt bé fent esport, pujant muntanyes, tocant la flauta, sortint amb els amics...

De més gran em vaig adonar que amb un llapis i un paper em passaven les hores volant. Vaig anar a l'escola Massana on em van fer perdre moltes pors; per exemple, la por de dibuixar sobre un paper on encara no hi ha res.

Després, tot treballant, he perdut altres pors, com la de provar nous materials (pintures, papers, cartons...). Cada dia m'agrada més fer proves i experiments amb idees i materials nous. Fins i tot m'he atrevit a fer figures en volum amb materials que ja no servien per a res!

M'agrada llegir una frase, un conte, un text i interpretar-los en forma de dibuix. Perdo moltes hores mirant il·lustracions d'altres persones. De la majoria d'elles penso que tenen molta sort de saber-ne tant. A més, sento molt respecte pels escriptors. De fet, a mi també m'agradaria saber explicar les coses tal com fan ells. De moment, però, m'acontento explicant-les de la millor manera que sé: amb dibuixos.

M'agrada fer tantes coses... De vegades no tinc temps de fer-les totes. I penso que, si cada cop tinc més interessos, al final em passaré més temps rumiant què vull fer que no pas fent-ho.